AUX COULEURS DU MONDE

istvan banyai

De l'autre côté

LA JOIE PAR LES LIVRES

circonflexe

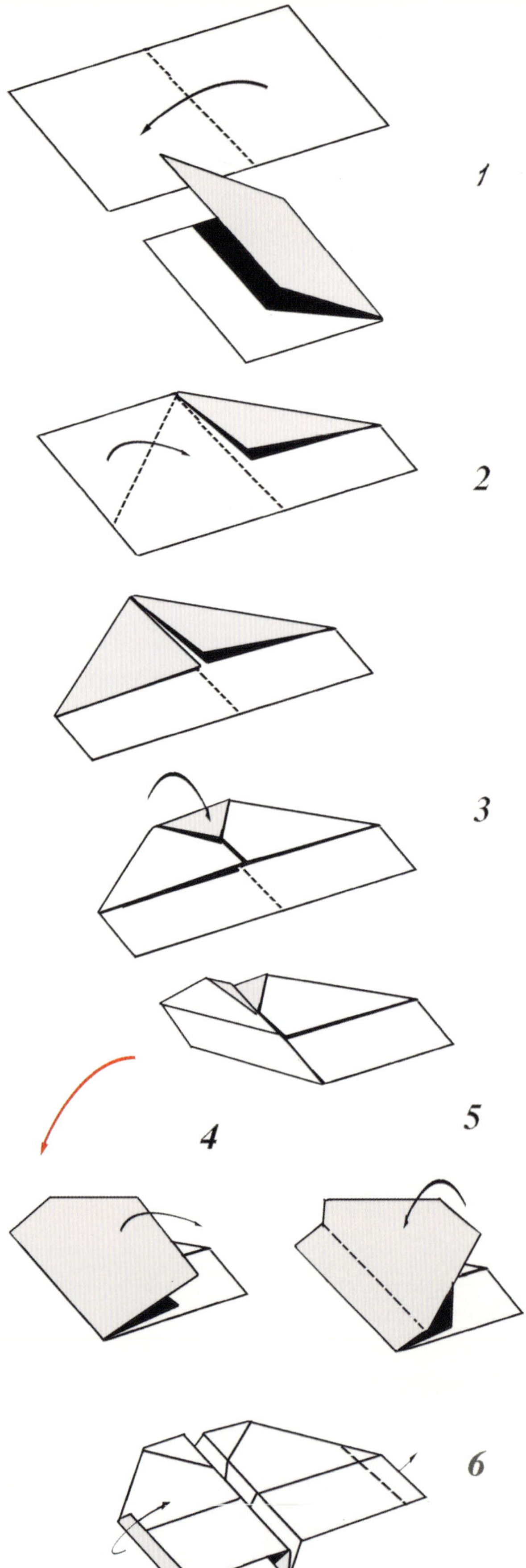
1
2
3
4
5
6

De
l'autre
côté

Vacances

Déjeuner
12h - 13h

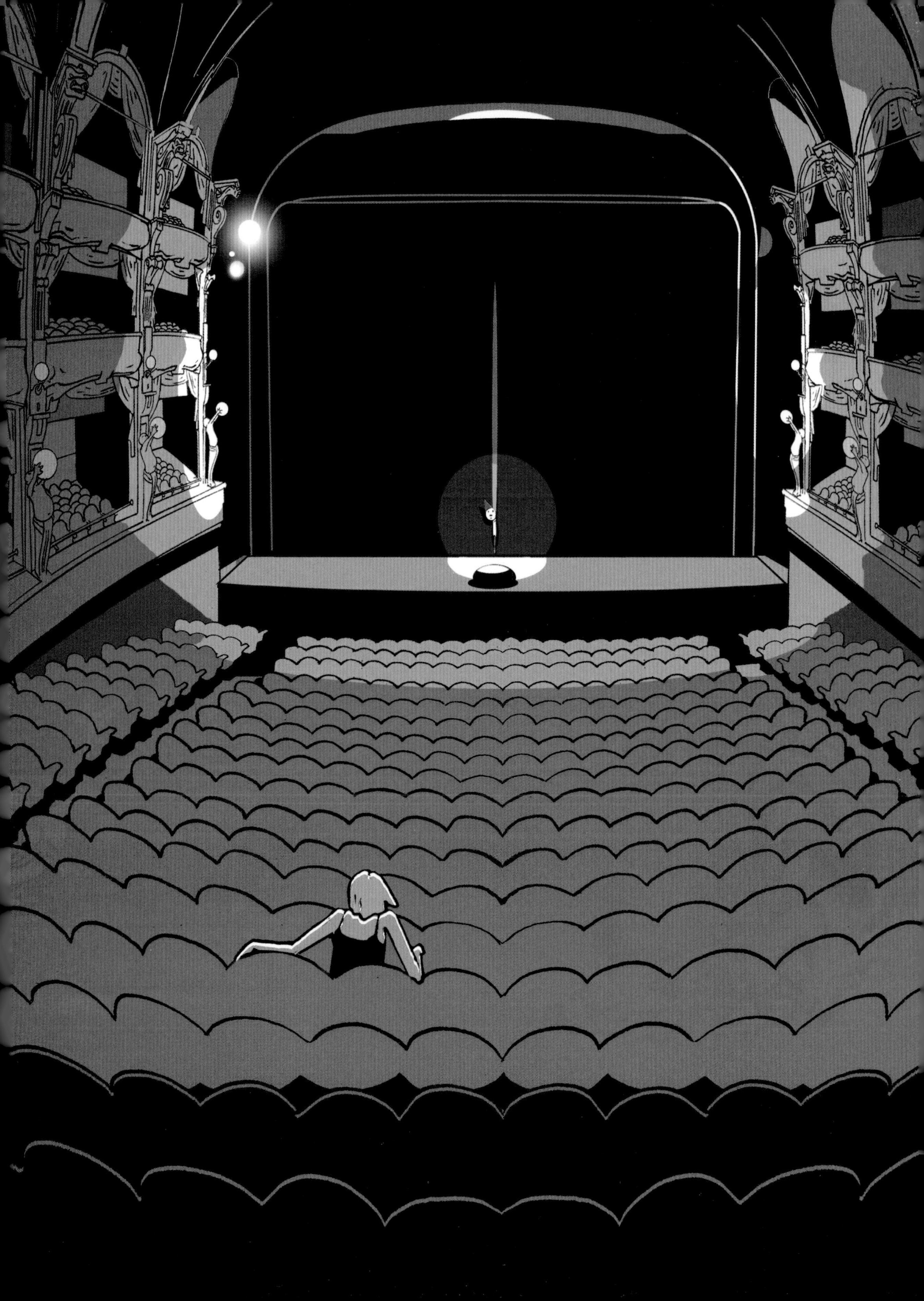

6 Rive droite
RECHERCHE MONSTRE DISPARU
drame
FUBU

3 Rive
9 gauche
Vente
Jouets
Géante
Rive gauche !
comédie

HOTEL
NEW
Aux Petites Bêtes
Aux Petites
NYLON
52
56
PAN
PAN

HOTEL
Pour les amis des bêtes
Bêtes
Aux Petites Bêtes
JOUETS
VENTE GÉANTE
Le meilleur café de la ville

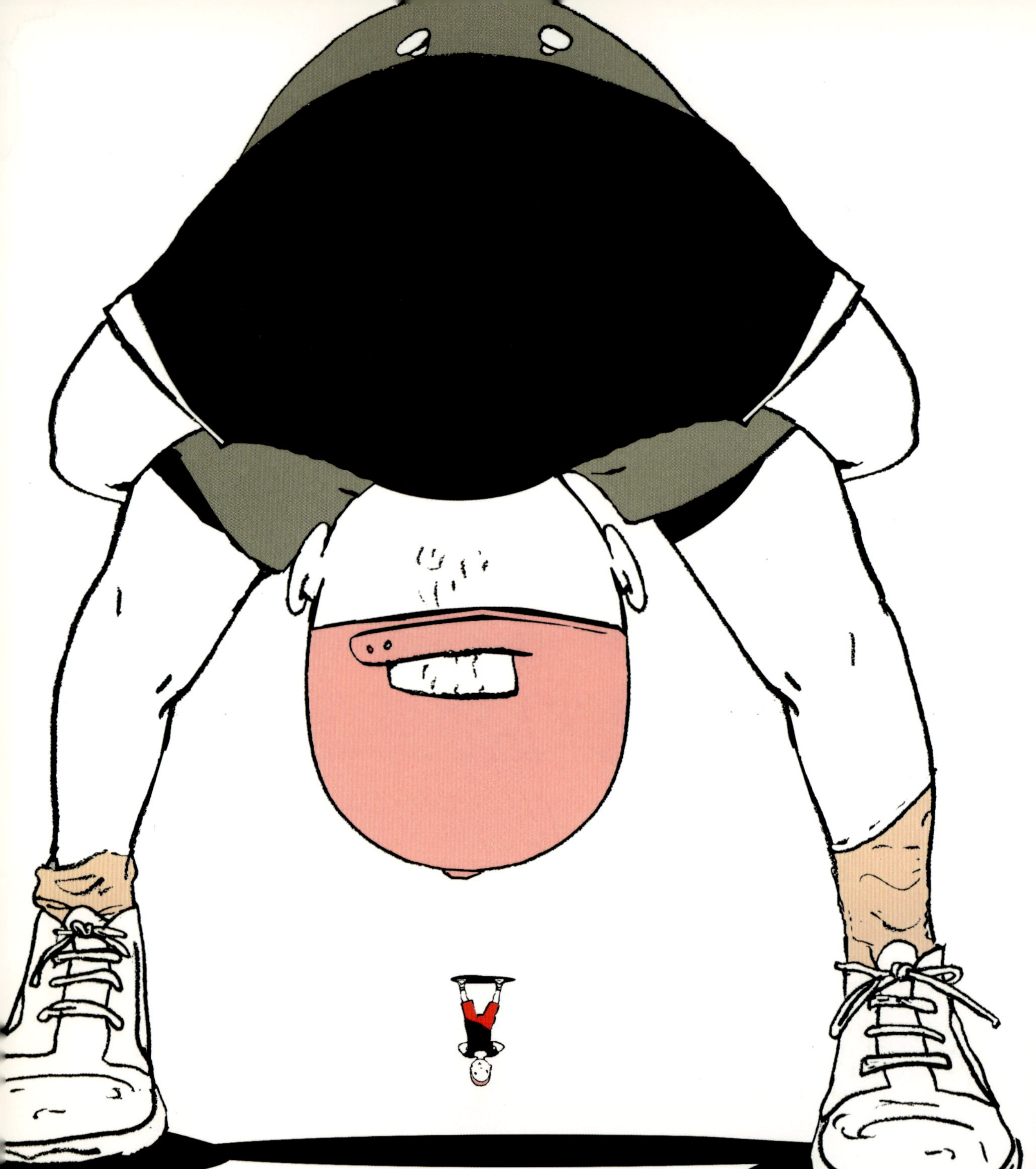

CLASSE
2C

TUT! TUT!
TAXI
Ne pas traverser sans regarder

TAXI
oups !
L'herbe est plus verte
de l'autre côté !

LOUPÉ

LOUPÉ

INTERDIT DE PLONGER !

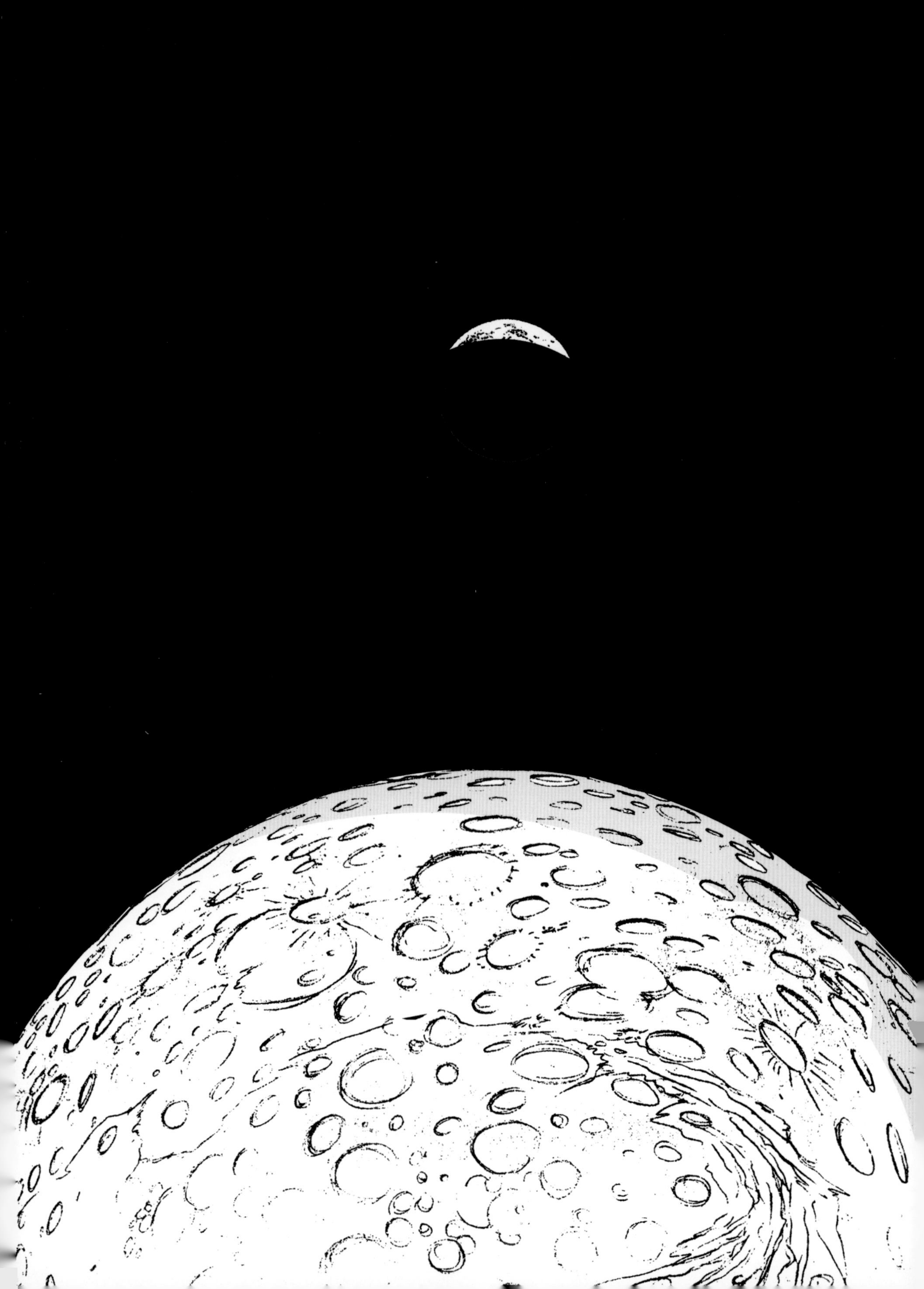

RÉVOLUTION SYNODIQUE DE LA LUNE
LUNE
N
TERRE
ECLIPTIQUE
SOLEIL
N
SOLEIL
ORBITE DE LA LUNE
LUNE
ECLIPSE SOLAIRE TOTALE
TERRE

Pour Dora

Published by arrangement with
Chronicle Books LLC, San Francisco, USA
Titre original : The Other Side

ISBN 2-87833-364-0
Imprimé en Chine. Dépôt légal : septembre 2005
Loi n° 49-956 du 16 juillet 1949
sur les publications destinées à la jeunesse